KB275270

말문이 빵 터지는 의성어 동시 - 세이펜으로 더 재미있게

1판 1쇄 2013년 12월 20일
2판 1쇄 2022년 11월 10일

글 임영주 **그림** 천소 **펴낸이** 정연금 **펴낸곳** 멘토르
등록 2004년 12월 30일 제302-2004-00081호
주소 주소 서울시 광진구 능동로 331 2층
전화 02-706-0911 **팩스** 02-706-0913
이메일 mentorbooks@naver.com
ISBN 978-89-6305-634-0 17810

※ 노란우산은 (주)멘토르출판사의 아동서 및 자녀교육서 브랜드입니다.
※ 책값은 뒤표지에 있습니다.
※ 잘못된 책은 구입한 서점에서 바꾸어 드립니다.

말문이 빵 터지는 의성어 동시

임영주 지음

운율과 리듬의 언어가 동시입니다

감성의 코드, 인성의 코드, 동시(童詩)

누군가 저에게 말을 가장 재미있게 가르치는 방법을 묻는다면, 저는 "동시를 읽어주세요."라고 대답할 것입니다. 동시를 들려주는 것은 우리말을 가장 효율적으로 가르치는 방법의 하나이고 세상을 아름답게 보는 눈을 길러주는 힘입니다. 재미와 의미를 담은 동시를 들려주면 더욱 좋겠지요. 바로 의성어, 의태어 동시처럼 말입니다.

꼬르륵, 똑똑, 퐁퐁, 팔랑팔랑, 흔들흔들, 아장아장.
소리를 흉내낸 말(의성어)과 모양을 흉내낸 말(의태어)은 동시뿐만 아니라 동화에서도 자주 쓰입니다. 의성어와 의태어는 아이들의 발달 단계에 필요하며 즐거움과 호기심을 불러일으키는 어휘이기 때문이지요.

EQ(감성지수)와 HQ(인성지수, 유머지수)를 함께 길러주는 동시를 아이들에게 많이 들려주세요. 압축과 상징으로 이루어진 동시가 조금은 어렵게 느껴질 수도 있겠지만 어릴 때부터 놀이처럼 재미있게 들려주면 '문학을 사랑하고 감수성이 풍부한 사람'으로 성장할 수 있습니다. 하지만 아이들에게 시가 어렵게만 느껴지면 모든 효과가 반감됩니다. 때로는 둥실둥실 풍선처럼, 휙휙 바람처럼 즐겁고 신나게 의성어, 의태어 동시를 읽어주세요.

동시를 읽으며 아이와 부모 모두 행복한 시간을 가졌으면 합니다. 동시를 통해 아이들이 시처럼 표현하고 시처럼 행복하게 자라길 바랍니다. 음악성이 풍부한 의성어와 의태어 동시가 우리 모두에게 샘물처럼 맑고, 나비처럼 아름답게 퐁퐁, 사뿐사뿐 전해지면 좋겠습니다.

지은이 임영주

아동문학가/부모교육 전문가

한국문인협회(아동문학가)/국제펜클럽 한국본부 회원(시인)

임영주 선생님은 신구대학교 유아교육과에서 <아동문학>을 강의하고 있어요. 또 임영주 부모교육연구소 대표이기도 하지요. 선생님은 부모교육특강으로 대한민국의 많은 부모님과 행복한 시간을 보내고 있어요. EBS 자문위원으로 활동하고 있고 KBS, MBC, SBS, EBS 외 다수 방송에 출연, 저서로는 <아이의 사회성 아빠가 키운다>, <아이의 사회성 부모의 말이 결정한다> 등이 있어요.

세이펜과 함께해요!

말문이 빵 터지는 의성어 동시는 세이펜이 지원되는 도서입니다. 세이펜을
가지고 있는 독자라면 예쁜 소리와 함께 의성어 동시를 즐길 수 있답니다.

동시를 읽어줄 때는!

시는 리드미컬하게 리듬을 살려 읽는 것이 중요하고 행과 연의 느낌을
살리는 것이 중요합니다. 시는 행과 연이 있는 음악입니다.

1. 전체 연을 천천히 소리 내어 읽어요
2. 행과 행의 느낌을 살려 읽어요
3. 행과 행 사이에는 0.5초 정도의 간격을 두고 읽어주세요
4. 연과 연 사이는 1초 정도 쉬었다가 읽어주세요
5. 동시의 느낌을 이미지화 해보세요
6. 의성어 동시는 '소리'를 표현한 것이므로 소리의 느낌이 최대한 나도록 실감나게 읽어주세요
7. 시의 느낌에 알맞은 목소리로 읽지만 과장하지 않고 자연스럽게 읽는 게 좋아요

차 례

* 세이펜으로 제목을 찍어보세요. 지은이 임영주 선생님이 직접
녹음한 부드럽고 따뜻한 음성의 동시를 감상할 수 있어요.

부릉부릉
우리엄마
우리동생
우리아빠

똑똑똑

똑똑똑
문 두드리는 소리
안에 누구 있어요?

똑똑똑
문 두드리는 소리
안에 누구 있어요!

퐁

퐁퐁

비눗방울을
퐁퐁 만들어요

입술 모아
퐁퐁 불어요

비눗방울이
퐁퐁 터져요

부릉부릉

부릉부릉 자동차
우리 가족 여행 가요

자동차가 부릉부릉
재밌겠다 부릉부릉
같이 가자 부릉부릉

형도 나도 부릉부릉
신이 나서 부릉부릉
좋겠다고 부릉부릉

자동차 흉내 재미있다
부릉부릉 부릉부릉

붕 브릉
우리 엄마
우리 형
우리 아빠

쪽쪽

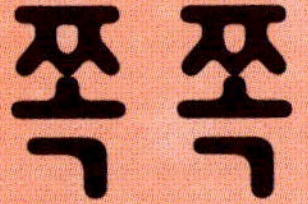

아이스크림 쪽쪽
요구르트 쪽쪽
막대사탕 쪽쪽

우리 아가 맛있게
쪽쪽 쪽쪽

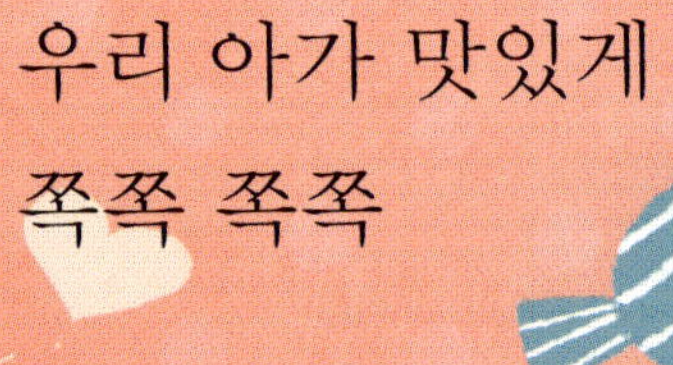

이마에 쪽쪽
양 볼에 쪽쪽
입술에 쪽쪽

우리 엄마 뽀뽀하며
쪽쪽 쪽쪽

냠 냠

토끼가 당근을
냠냠
맛있다고
냠냠

다람쥐가 도토리를
냠냠
맛있다고
냠냠

토끼가 냠냠
다람쥐가 냠냠
둘이서 마주보고
냠냠 냠냠

맛있는 소리가
냠냠 냠냠
숲 속 가득
냠냠 냠냠

까르르

아빠가
실룩실룩
엉덩이 춤 추면

아기는 좋아서
까르르 까르르

아빠가
실룩실룩
엉덩이 춤 추면

아기는 재미있어
까르르 까르르

헉 헉

아이 매워
헉헉

아이 숨차
헉헉

아이 뜨거
헉헉

혀가 입 밖에서
헉헉 헉헉

꼬르륵

알을 낳은 암탉은
꼬꼬댁 꼬꼬댁

씩씩한 수탉은
꼬끼오 꼬끼오

배부른 병아리는
삐이약 삐이약

배고픈 내 배는
꼬르륵 꼬르륵

뚝딱뚝딱

뚝딱뚝딱
무슨 소리?

뚝딱뚝딱
망치질 소리

뚝딱뚝딱
우리 아빠

뚝딱뚝딱
만들었네

뿡뿡 뿌웅

자동차는
뿡뿡 뿌웅
큰 소리로
뿡뿡 뿌웅

아빠 방귀
뿡뿡 뿌웅
큰 소리로
뿡뿡 뿌웅

자동차 뿡뿡 뿌웅
연기가 풀풀
아빠 방귀 뿡뿡 뿌웅
냄새가 폴폴

보글보글

보글보글
무슨 소리?
우리 엄마
맘마 만드는 소리

꼬륵꼬륵
무슨 소리?
우리 아기
맘마 달라는 소리

맘마는 보글보글
아기 배는 꼬륵꼬륵
보글보글 꼬륵꼬륵
엄마, 밥 주세요

뽀드득

비누칠하고
깨끗이 헹구면
손이 뽀드득

깨끗한 소리
뽀드득 뽀드득

털장화 신고
눈길을 걸으면
발이 뽀드득

눈 밟는 소리
뽀드득 뽀드득

호호

김치 먹고 호호
아이 매워 호호
그래도 맛있어
호호 호호

깍두기 먹고 호호
아이 매워 호호
맛있어 또 먹고
호호 호호

옹알옹알

아기가 엄마보며
옹알옹알 옹알옹알

엄마는 아기보며
그래그래 그랬어?

아기가 옹알옹알
엄마는 다 알지요

옹알옹알 기분 좋아?
옹알옹알 재미있어?

둘이서 정답게
옹알옹알 이야기해요

짝 짝 짝

내가 내가 춤추면
우리 아빠 짝짝짝

멋지다고 짝짝짝
예쁘다고 짝짝짝

내가 내가 노래하면
우리 엄마 짝짝짝

잘한다고 짝짝짝
최고라고 짝짝짝

참방참방

참방참방
물속으로
아, 따뜻해

뽀글뽀글
거품 나면
아, 예뻐라

쏴아쏴아
물 뿌리면
아, 시원해

쓱쓱쓱쓱
몸을 밀면
아, 깨끗해

여기 보세요
찰칵
사진 찍어요
찰칵

찰칵
웃어 보세요
찰칵
더 예쁘게
찰칵찰칵

퐁당풍덩

조약돌 하나
물속에 퐁당

둥근 공 하나
물 위에 풍덩

동생은 튜브 타고
물속에 퐁당

나는 튜브 타고
물 위에 퐁덩

어흥어흥

어흥어흥 호랑이
할머니 집 앞에서

곶감 달라 어흥어흥
빨리 달라 어흥어흥

호호호 할머니
호호호 곶감 주자

고맙다고 어흥어흥
맛있다고 어흥어흥

붕붕

붕붕
벌님이 다가와
붕붕
앉아도 될까요?

호호
꽃님이 웃으며
호호
그럼요 그럼요

꿀벌은 고맙다고
붕붕
꽃님은 반갑다고
호호

꿀꿀

꿀꿀 돼지
비탈길에서
떼굴떼굴
떼구르르르

꿀꿀 돼지
살려달라고
꿀꿀꿀꿀
소리쳐요

새근새근

엄마 새가 토닥토닥
아기 새는 새근새근

토닥토닥 엄마 새도
어느새 새근새근

아기 새는 새근새근
엄마 새도 새근새근

살랑살랑 바람도
어느새 새근새근

쿨쿨

달님도 쿨쿨
별님도 쿨쿨
잠자는 밤

나무도 쿨쿨
새들도 쿨쿨
잠자는 밤

아빠도 쿨쿨
엄마도 쿨쿨
잠자는 밤

우리 아기는
말똥말똥
뭐하는 걸까요?

꼬마 판다 나나의 **말문이 빵 터지는**
세마디 **영어·중국어·일본어** 그림책 시리즈

말빵세 영어 시리즈 전 30권 | 김현좌, 김노엘 글 |
| 각 12쪽 | 부록 오디오 CD 3장

말빵세 중국어 시리즈 전 30권 | 김노엘 글 |
| 각 12쪽 | 부록 오디오 CD 3장

말빵세 일본어 시리즈 전 30권 | 최아키코, 김노엘 글 |
| 각 12쪽 | 부록 오디오 CD 3장

**반복되는 패턴의 짧은 대화체 문장으로
영어도 배우고, 중국어랑 일본어도 배워요!**

- 우리 아이의 일상을 30개의 에피소드, 30권의 책으로 구성했어요.
- 아침부터 잘 때까지 매일 반복되는 300개의 문장으로 대화를 나누어요.
- 패턴문장으로 반복되어 문장이 머릿속에 쏙쏙 들어가요.
- 세이펜 코딩으로 원어민 선생님과 공부하듯 바로바로 정확한 발음을 익혀요.
- QR 코드로 전문가 선생님의 강의를 듣고 쉽게 따라 할 수 있어요.
- 일석삼조! 이제 영·중·일 세 쌍둥이 그림책으로 다국어를 쉽고 재미있게 익혀요.

영어, 중국어, 일본어 그림책 세트 각 30권, mp3 음원 CD 3장

밀리언셀러 작가 김홍신 작가와
유아교육 전문가 임영주 박사가
어린이들에게 전통문화를 알려주기 위해
함께 지은 노란우산 전통문화 그림책

글 김홍신, 임영주 | 그림 김원정, 권영묵, 오은선, 전병준, 조시내, 지효진, 황지영 | 전 10권, 각권 40쪽